C’est pas compliqué l’amour !

Du même auteur, dans la série « Bac and love » :

Les baskets de Cendrillon

Grasse mat'

Un dimanche au paradis

C'est pas du cinéma !

Crème de jour et boîte de nuit

Émotions garanties

Rien à déclarer ?

Mais qui aime qui ?

À la folie, pas du tout !

Minuit moins une

L'amour ! L'amour ? L'amour...

Sylvaine Jaoui
Illustrations de Jean-Philippe Chabot

C'est pas compliqué l'amour !

RAGEOT

À Fabrice,
qui a tant de mal
à prononcer ce titre.

ISBN 978-2-7002-3542-5
ISSN 1951-5758

1

Quand Sam vient me chercher au collège, je suis le roi du monde. Tous les garçons de ma classe ont, comme par hasard, quelque chose à me demander ou à me donner. Les filles, je n'en parle même pas, elles se mettent en grappe et elles se chuchotent des trucs à l'oreille en nous regardant. C'est magique. C'est l'effet Sam.

Sam, c'est ma tata, enfin, elle ne veut absolument pas que je l'appelle comme ça ; elle dit que ça fait tout de suite vieille tante barbue qui pique quand on l'embrasse. D'ailleurs, elle m'a fait jurer que si, un jour, elle ressemblait à ça, je devrais l'emmener chez le vétérinaire pour qu'on la pique comme un chat.

En attendant, elle ne ressemble vraiment pas à une vieille bique. Elle serait plutôt la femme rêvée dans les films de James Bond : blonde à forte poitrine, un vrai canon.

Quand on marche dans la rue, tous les hommes se retournent, moi je me tiens bien droit et je lui donne la main. Comme ça, ils voient qu'elle est avec quelqu'un et ils n'osent pas lui parler. Elle, elle me regarde en riant et elle me dit : « Toi, t'es de la graine de mec, il n'y a rien à dire. »

Ce qu'il y a de bien chez Sam, c'est que c'est une spécialiste de l'amour, elle sait exactement comment ça marche. C'est elle qui mc conseille pour Fanny depuis plusieurs semaines. Je lui ai demandé de m'aider parce que moi, avec les filles, je ne sais pas comment il faut faire. Tout a l'air compliqué.

Le jour de la rentrée, quand j'ai vu Fanny pour la première fois dans la cour, à la récré, ça m'a fait de l'électricité jusque dans les pieds. Surtout au moment où elle a refait sa queue de cheval. Ben oui, comme elle a levé les bras pour mettre sa barrette, son tee-shirt s'est soulevé et j'ai vu son nombril.

J'en ai déjà vu des nombrils de filles ; à la plage quand elles sont en maillot. Mais là, ça n'était pas la même chose, je n'ai pas pu décoller mes yeux pendant je ne sais pas combien de temps. Alors sa copine Manon, elle lui a dit discréto quelque chose à l'oreille et Fanny m'a regardé en souriant. Depuis, à chaque fois que je la croise, j'ai l'impression qu'elle pense à ce jour-là et qu'à l'intérieur d'elle, elle se moque de moi.

Comme j'ai peur de passer pour un idiot, j'ai demandé à Sam de m'aider. Elle a eu plein d'amoureux dans sa vie, alors elle ne peut pas se tromper. Je l'appelle tous les jours, je lui raconte ma journée, ce qu'a fait Fanny, ce qu'elle m'a dit... et ensuite on prépare le plan d'attaque pour le lendemain. C'est rigolo. Il y a les jours loukoum pendant lesquels je dois être super gentil et amoureux et hop, quand Fanny mord à l'hameçon, le lendemain, c'est journée acide sulfurique.

« Ce qui compte, dit Sam, c'est le bon dosage entre ce que tu donnes et ce que tu prends. Quand tu auras compris ça, elles te mangeront toutes dans la main. »

Eh bien, elle a raison. Fanny, elle fait tout ce que je veux. La dernière fois, dans la cour, j'ai bien vu qu'elle s'était faite toute belle mais je n'étais pas sûr que ça soit pour moi alors je lui ai dit :

– Oh, je suis content de te voir – j'ai attendu un petit moment et j'ai ajouté – parce que j'ai pas fait mes exos de maths et je voulais que tu me prêtes ton cahier.

Comme dans les dessins animés, elle est passée du sourire joyeux à la tête catastrophée en une fraction de seconde ; elle a ouvert son cartable et elle m'a tendu tristement son cahier.

Ça m'a fait de la peine, alors j'ai eu envie de lui dire ce que je ressentais, qu'elle était jolie avec ses longs cheveux raides, qu'elle ressemblait à la sirène dans mon livre de quand j'étais petit, mais j'ai eu peur qu'elle se moque de moi et, en plus, j'ai pensé à Sam. Elle n'aurait pas été fière de moi.

Elle m'aurait dit : « Tom, tu me déçois, c'est pas comme ça que je t'ai éduqué, t'as l'énergie d'un spaghetti cuit. Les filles, elles veulent des hommes, des vrais, des durs, pas des savonnettes, un peu de nerf, mon garçon. Ne lui montre surtout pas que tu es sensible à ses efforts ridicules de poupée Barbie. Prends le cahier et tire-toi. Accorde-lui juste un petit sourire en partant et c'est tout. »

Alors j'ai fait comme Sam m'aurait dit et j'ai rejoint mes copains qui me regardaient. Je me suis senti obligé de leur expliquer :

– Vous voyez, les mecs, c'est pas compliqué les filles, il faut juste les tenir. Fanny, c'est pas parce qu'elle a de longs cheveux châtains et des yeux noirs que je vais être à genoux.

Ils étaient d'accord avec moi. Rémi, il a même ajouté :

– C'est sûr, c'est sûr, les filles, c'est pas elles les chefs, c'est nous les chefs.

Ça nous a fait rire parce que Rémi, c'est le plus petit des cinquièmes et il zozote comme un bébé.

La dernière fois au stade, le prof nous a fait faire de l'endurance. On était tous crevés, alors dans les vestiaires, plus personne ne parlait. Au moment de partir, la prof fait l'appel, plus de Rémi. On le cherche partout. Personne. La prof était rouge comme une tomate, elle hésitait entre la thèse de la fugue et celle de l'enlèvement.

Elle a prévenu l'école, les parents et le commissariat. Nous, on s'imaginait témoignant au journal de vingt heures de notre sympathie pour notre camarade disparu dans des conditions inexpliquées, comme ils disent à la télé.

On l'a retrouvé au bout d'un quart d'heure, endormi dans la salle des douches, en boule dans sa doudoune, en train de sucer son pouce. Depuis plus personne ne le prend au sérieux, les filles l'ont surnommé « Babychou » et elles chantent « Dodo, l'enfant do » dès qu'il ouvre la bouche.

Alors qu'il ose dire « Les filles, c'est pas elles, les chefs, c'est nous les chefs », ça a déclenché un fou rire général.

Enfin quand je dis général, j'exagère, évidemment, Jonas, il ne s'est pas marré. Il a écouté avec l'air du type que ce genre de remarques n'intéresse pas. De toute façon, lui, à part ses cétacés, je ne vois pas ce qui le branche. Si, les étoiles… On raconte que sa mère est morte en accouchant de lui, peut-être qu'il la cherche dans le ciel ou dans le ventre des baleines. En tout cas, il n'en a jamais parlé à personne.

Pour en revenir à Fanny et à ses grands yeux noirs, j'ai tenu bon toute la journée et ça a été dur. Pas un regard, pas un sourire.

Même que, quand j'ai croisé mon reflet dans la vitre du hall en lui disant au revoir à cinq heures, je ne me suis pas reconnu tellement j'avais l'air méchant. On aurait cru Schwarzenegger dans *Terminator 2* : une vraie gueule de tueur. C'est Sam qui sera fière de moi quand je lui raconterai ça.

2

Quand je suis rentré à la maison, je les ai entendues dès l'entrée, elles étaient en train de se disputer. Je ne les avais jamais vues comme ça. C'est Sam qui criait le plus fort.

– Mais fiche-moi la paix, qu'est-ce que ça peut te faire que je ne sois pas encore mariée ?

– C'est dommage.

– Qu'est-ce qui est dommage ?

– Enfin, Sam, tu vas avoir trente ans, il serait peut-être temps de t'engager avec Laurent, d'avoir un enfant. Ton boulot, ta carrière, c'est bien mais le reste ? Il est très bien cet homme, tu es là, à le faire marner exprès, comme si tu étais la seule femme sur terre.

– T'inquiète, il ne va pas s'envoler, il est accro comme un CP à ses chocos BN à la sortie de la piscine. Et puis je te rappelle que tu es ma sœur, pas ma mère. Et que côté mecs, t'as pas de leçon à me donner. Et toi, tes livres pour enfants, pourquoi tu ne les écris pas ? Au début de ton mariage, tu as laissé ton boulot parce que tu disais que tu voulais du temps pour écrire et élever Tom. Tu en es où aujourd'hui ? À part ton ménage et ta cuisine, qu'est-ce que tu fais ?

À ce moment-là, Sam m'a vu dans le couloir et elle s'est mise à tourner autour de maman en chantant comme dans le dessin animé :

– Cendrillon ! Cendrillon ! Il faut faire les courses et le ménage... C'est vraiment de l'esclavage...

Plus maman avait l'air fâchée, plus Sam chantait fort en faisant semblant de coudre une robe de princesse. J'ai bien compris qu'elle faisait exprès pour que je croie qu'elles s'amusaient et qu'il n'y avait pas de problème.

Les grands font souvent ça aux enfants ; comme si nous, on voit que ce qu'ils nous donnent à voir et qu'on n'est pas capable de faire la différence entre les choses qui fâchent et celles qui font vraiment mal.

Ils nous prennent vraiment pour des débiles !

Il faut voir mes parents quand ils se disputent et que je débarque au milieu de la tempête. Ils arrêtent net et ils prennent un air super dégagé. Puis ça ne loupe jamais, papa me demande : « Et la gym, Tom, ça va la gym ? » Quant à maman, elle regarde sa montre et elle dit : « Qu'est-ce que je fais là, moi ? Excusez-moi les garçons, mais j'ai des tas de trucs à faire. »

Un jour, quand je serai grand, j'aurai le courage de leur balancer : « Ce que tu faisais, maman, tu étais en train de t'engueuler avec papa et tu lui hurlais que tu en avais ras-le-bol de cette vie ; que quand tu as arrêté de bosser, c'était certainement pas pour devenir la bonniche d'un macho tout juste bon à rallumer son ordinateur portable pour travailler encore en rentrant du boulot, ce à quoi papa te répondait que si tu préférais te faire massacrer par un patron maniaco-dépressif, il acceptait de glander devant la télé tout l'après-midi et de décongeler "les plats minute" de Picard pour le repas du soir. Voilà, vous en étiez là, je ne voudrais surtout pas vous déranger. Et ne vous inquiétez pas pour la gym, c'est la seule matière où j'ai la moyenne. »

J'aimerais vraiment avoir le courage de leur dire ça mais, pour l'instant, je l'ai pas.

Enfin, pour en revenir à maman et à Samantha, je suis entré dans la cuisine en hurlant :

– Salut la compagnie !

– Oh bonjour mon p'tit bonhomme ! m'a répondu maman, tu m'as fait peur, je ne t'ai même pas entendu arriver.

– Normal, si toi, t'es Cendrillon, moi je suis Peter Pan et comme Peter Pan il vole, il fait pas de bruit quand il arrive.

Maman a fait semblant de ne pas avoir compris, mais elle a baissé les coins de la bouche comme quand elle est embêtée et elle a mitraillé Samantha du regard.

Pour détendre l'atmosphère, j'ai raconté ma journée avec Fanny, comment je l'avais laissée poireauter à l'arrêt du bus et surtout comment j'étais rentré avec mes copains. Sam a applaudi des deux mains et a rajouté une deuxième couche de Nutella sur ma tartine.

– Pour le roi Tom, hip hip hip ! hourra ! Hip hip hip ! hourra !

Maman a dodeliné de la tête.

– Vous êtes contents de vous ? Vous trouvez ça bien de la faire souffrir ? C'est quoi exactement le but ?

– Lui montrer qui c'est le mec !

– Ah bien, bravo mon fils... J'ai dû vraiment louper quelque chose dans ton éducation. Remarque, je ne suis pas complètement responsable, tu subis une très mauvaise influence.

Évidemment, maman a dit ça en regardant Sam, qui se bidonnait sur sa chaise.

– Oui, une influence épouvantable et je pèse mes mots.

Comme on éclatait de rire, elle est partie en claquant la porte de la cuisine.

– Alors Sam, à ton avis, demain, journée loukoum ou acide sulfurique pour Fanny ?

– Il faut l'achever. C'est le moment, elle est prête. Il faut lui demander un truc énorme, genre la peau de l'âne qui pond de l'or. Un sacrifice qu'elle ne ferait pour rien au monde. Demande-lui en douceur, avec l'air de ne rien exiger.

Ne la brusque surtout pas et attends. N'oublie pas, Tom, tu es un tombeur de fille, pas un tueur. De la classe, de la distinction, tu dois être un gentleman lover. Ah oui, point important, préviens un ou deux bons copains, il faut qu'il y ait des témoins le jour de ta victoire.

– Mais qu'est-ce que je vais lui demander ?

– Je ne sais pas, c'est à toi de trouver. Tu connais Fanny, cherche ce à quoi elle tient le plus. Il faut que j'y aille, ça fait exactement une heure trente que ce brave Laurent m'attend dans le café en bas. Ça suffira pour aujourd'hui.

3

Sam partie, j'ai cherché comme un fou ce que je pourrais demander à Fanny. J'ai revisionné dans ma tête les films que j'avais vus à la cinémathèque pour trouver une idée. Ça m'a pris du temps, parce qu'avec maman, on va très souvent voir de vieux films.

Je me souviens quand j'étais petit, mes copains allaient voir des Walt Disney, c'est tout.

Moi, maman, elle m'a toujours emmené voir des films de grands pour que je comprenne le monde.

Une fois, à la cantine en CP, une copine n'a pas voulu que la dame de service lui coupe sa viande. Quand elle lui a demandé pourquoi, elle lui a dit :

– Tu es noire et je n'aime pas les Noirs.

La dame n'a rien répondu, mais elle avait de la tristesse dans les yeux.

Le soir, quand j'ai raconté ça à table, maman a été horrifiée. Elle ne m'a même pas donné mon petit-suisse, elle m'a mis mon manteau sur mon pyjama et on est allés à la cinémathèque.

C'était un film sur l'apartheid en Afrique du Sud. Ça m'a fait peur parce qu'il y avait des bus où les Noirs n'avaient pas le droit de monter ; s'ils montaient, on les attrapait et on les torturait, mais maman m'a expliqué que des hommes se battaient pour que les

Blancs et les Noirs aient les mêmes droits et ça c'était bien. La nuit qui a suivi, j'ai fait plein de cauchemars horribles. On me jetait dans une prison remplie de rats, sans rien à manger et je ne revoyais plus personne que j'aime.

Le gardien de ma cellule, c'était la dame de la cantine, et elle me disait : « Si tu avais défendu les droits de l'homme à temps, on n'en serait pas là, je ne peux plus rien pour toi maintenant. Tu resteras ici, jusqu'à ce que mort s'ensuive. » Là, j'ai hurlé... Maman est venue près de moi.

– Pardon, mon petit cœur, je sais que ce film était dur pour un petit bonhomme comme toi mais bientôt tu seras un homme, alors il faut que tu saches quels sont les vrais combats.

J'ai bien compris ce que maman voulait pour moi mais, ce qui est sûr, c'est que cette histoire, ça me réveille encore la nuit.

Enfin, pour en revenir au sacrifice de Fanny, le matin, j'ai eu l'idée du siècle.

J'ai même pas pris le temps d'avaler mes Miel Pops, j'ai enfilé mon jean, mes baskets et j'ai foncé au collège. Je me suis assis sur le petit muret en face de la porte d'entrée pour ne pas la louper et là, j'ai attendu Fanny.

Plus les minutes passaient, plus j'étais excité, je savais point par point comment j'allais procéder. Pourtant, quand elle est arrivée et qu'elle m'a souri, ça m'a fait mal au cœur, comme quand on est sur la balançoire et qu'elle revient fort vers celui qui la pousse, et je me suis demandé si c'était la peine de lui demander quoi que ce soit.

Il faut dire qu'elle était vraiment belle et que j'avais plein d'amour dans mon cœur ; mais j'ai pensé à Sam alors j'ai respiré très fort et je me suis approché de Fanny avec les yeux de Kaa.

– J'ai pensé à toi toute la nuit.

– C'est vrai ?

– Oui et ce matin, j'ai même pas pris mon p'tit déj' tellement j'étais pressé de te voir.

Là, elle est devenue toute rouge, elle a baissé ses grands yeux noirs et j'ai vu que ses cils faisaient de l'ombre sur ses pommettes. Ça m'a fait un coup de balançoire dans le cœur.

– Moi aussi, j'ai pensé à toi toute la nuit.

Vlan, recoup de balançoire. Si je n'avais pas eu si peur de passer pour de la guimauve à l'eau de rose, je crois que je l'aurais embrassée et que je lui aurais murmuré à l'oreille : « Je t'aime Fanny », il y aurait eu la musique du générique et des applaudissements autour de nous ; mais je me suis repris :

– T'es belle Fanny, tu sais… enfin, il y a tes cheveux… c'est pas que je les trouve pas beaux tout raides comme des baguettes de tambour, mais moi, il n'y a rien à faire, j'aime les boucles toutes courtes. Je ne sais pas pourquoi, dès qu'il y a une fille avec les cheveux courts et bouclés, je ne peux pas m'empêcher de l'admirer.

Fanny m'a encore regardé avec ses yeux à faire fondre un bloc de granit, mais, à ce moment-là, Rémi est arrivé :

– Salut les zamoureux, il a zozoté, si ze déranze, ze disparais.

Ça nous a fait rigoler et comme on a entendu la cloche sonner, on est rentrés et on n'a plus parlé.

Mais dans la classe, dès que les profs écrivaient au tableau, Fanny se retournait pour me voir, ou bien elle se mettait de profil pour que je regarde un petit bout d'elle.

Elles sont malignes, les filles, pour ça. Parfois, elles ont l'air d'être super absorbées, pourtant, en vrai, elles vérifient discrètement que tu es en train de les admirer. Toi, tu ne te méfies pas, tu regardes ; alors évidemment quand tout d'un coup elles se retournent dans ta direction, tu te fais choper ; et alors là, tu as l'air du pauvre chien qui bave en regardant le gâteau au chocolat posé sur la table basse. C'était trop bien de voir Fanny s'intéresser à moi.

La journée m'a semblé légère. J'ai raconté mon plan à Gaston en lui faisant jurer le secret. Gaston, c'est mon meilleur copain, il a été très impressionné.

– T'es fou, elle coupera jamais ses cheveux. En plus, comment elle va faire pour avoir des boucles ?

– Elle fera une permanente. Ils mettent des bigoudis et après ils pétrifient les cheveux dans cette position avec un produit qui pue. Je sais, j'ai vu faire. Un jour, en CM2, j'étais malade et comme ma mère voulait pas me laisser seul, elle m'a emmené chez le coiffeur. Il n'y avait que des vieilles de l'âge de ma mère, elles faisaient toutes ça.

Je n'aime pas dire que maman est vieille, mais j'ai remarqué que par rapport aux autres ça fait mieux. Pas le genre fils à sa maman pressé de rentrer le soir pour prendre le goûter, non, plutôt le style autonome, sûr de lui, qui a ses clefs dans sa poche.

– Mais tu crois qu'une meuf ferait ça, rien que pour toi ? Couper ses cheveux et les pétrifier avec un truc qui pue ?

– Pas une meuf, Gaston, MA meuf si je la tiens comme ça.

J'ai serré le poing et j'ai fait semblant de visser comme Jack Nicholson dans *The Shining*.

– Mais tu crois qu'ellc va le faire quand ?

– Je sais pas, peut-être qu'elle le fera pas.

– Demain, c'est mercredi, elle aurait le temps.

– Faut attendre qu'elle se décide, qu'elle cède et peut-être qu'elle ne cédera jamais. Tu sais comment elles sont les filles avec leurs cheveux. Sur la photo de classe, elles les mettent devant pour qu'on les voie. C'est pour ça que mon idée est bien. Si elle le fait pour moi, je suis le roi.

On est restés un long moment à méditer et puis Gaston a sorti sa Nintendo DS, moi la mienne, et on a fait une partie en simultané. C'est moi qui ai gagné.

À quatre heures, avant de partir, j'ai fait un petit signe à Fanny pour lui dire au revoir. Comme elle avait anglais renforcé, elle devait rester. Elle a posé un baiser sur le bout de ses doigts et puis elle a soufflé pour qu'il s'envole.

C'est la première fois qu'une fille me faisait ça, à part ma mère je veux dire, sauf que ma mère c'est pas une fille, c'est ma mère. Alors j'ai eu envie de dire à Fanny de ne pas toucher à ses cheveux, que je l'aimais comme ça et que, finalement, c'était pas important de savoir si j'étais le plus fort. Mais j'ai rien dit et je suis parti. J'étais sûr que j'allais le regretter.

4

Quand je suis arrivé jeudi, Gaston m'attendait, complètement agité.

– T'es le roi, t'es le roi, elle s'est fait pétrifier les cheveux. On dirait un mouton, mais un mouton malade parce qu'elle est dans son coin et qu'elle parle à personne. Faut dire que les autres, ils se marrent.

– Mais pourquoi ils se marrent ?

– À cause de ton plan.

– Mais qui leur a dit ?

Gaston, à ce moment-là, a eu l'air très gêné et j'ai compris qu'il avait tout raconté aux autres, Fanny, moi, le loukoum, l'acide sulfurique, l'amour et les rapports de force.

– Mais pourquoi tu as fait ça ? T'avais juré. Tu es un traître, Gaston, je n'aurais jamais cru ça de toi.

– Je leur ai dit que ce matin, une fois que tu avais gagné. Tu vois, t'es le roi, elle ne peut plus reculer, elle ne peut plus se faire rallonger les cheveux.

– Mais je m'en fous, t'es vraiment un nul. Je fais quoi maintenant ? Je lui dis quoi ?

– T'as rien à lui dire. T'as la preuve qu'elle t'aime et qu'elle fait tout ce que tu veux. Tu y vas, tu lui dis bonjour, c'est tout.

– Tu crois ?

– Ben oui. Pourquoi ? Tu avais prévu quoi dans ton plan ?

– Rien, je ne sais pas… En tout cas, pas que tu rapporterais. C'est ta faute, si ça fait une histoire.

J'ai accusé Gaston parce que je ne savais pas quoi dire mais, au fond de moi, je pensais que cette histoire de sacrifice, c'était franchement pas une bonne idée.

Pour la première fois, j'ai pensé que Samantha ne savait peut-être pas tout sur l'amour.

J'ai pris mon courage à deux mains et j'ai cherché Fanny. Je l'ai trouvée sous le préau, assise sur le banc, triste et perdue comme les petits de maternelle dont les mamans sont en retard à quatre heures et demie.

Quand je me suis approché, j'ai vu que ses cils étaient tout collés par les larmes ; j'aurais voulu lui dire quelque chose de gentil pour la consoler, mais elle a levé ses grands yeux noirs sur moi et je me suis senti minable. J'ai fait demi-tour et je suis reparti dans la cour. C'est Rémi qui est venu me parler le premier.

– Alors là, t'es un chef, elle bouze pas une oreille. Moi qui croyais que tu étais amoureux. Tu nous as eus. Faudra que tu me donnes des cours...

Il n'avait pas fini que les autres sont arrivés. Ils parlaient tous de Fanny. Elle était le sujet de rigolade du jour. Même ses meilleures copines se moquaient d'elle.

– Tu l'as vue ? C'est une vraie cata, elle s'est grillée toute seule. Moi, je serais elle, je mettrais une cagoule.

– Moi, je m'enfermerais chez moi jusqu'à ce que mes cheveux repoussent.

Ça faisait penser au film qu'on a vu en SVT, celui où il y a des hyènes qui attaquent une antilope blessée. J'ai pensé que cette fois-ci il fallait vraiment que je parle à Fanny, que je lui explique.

Je suis retourné sous le préau. Je ne m'étais pas encore approché d'elle que j'ai senti une main qui m'attrapait fermement par l'épaule. Je me suis retourné. Jonas était là, calme comme toujours.

– Tu ne crois pas que tu en as assez fait pour aujourd'hui ? Tu devrais plutôt retourner jouer avec tes petits copains. Je suis sûr que tu as encore plein d'idées intelligentes pour faire rire les crétins.

J'aurais aimé lui foutre mon poing en travers de la figure, lui dire de se mêler de ses affaires, que j'aimais Fanny. C'est vrai, il me casse les pieds, celui-là, avec ses airs de monsieur Je-sais-tout, je suis au-dessus de tout le monde.

Il mériterait que je raconte comment je l'ai vu ramasser des images Panini spéciales foot qui n'étaient même pas à lui et comment il les a fourrées discrètement dans sa poche. C'est un garçon de 6ᵉ 2 qui les avait fait tomber de son blouson. Il avait dû les mettre à part pour ne pas les mélanger avec les normales. Parce que c'étaient des brillantes, celles qu'on a le plus de mal à avoir ; surtout celle avec Messi…

Il ne s'est pas gêné, Jonas, il les a prises et il les a gardées pour lui. Après, l'autre, il les cherchait partout comme un fou. Tu penses bien qu'il ne les a jamais retrouvées. Moi, je n'ai rien dit.

C'est pas mes affaires et je ne suis pas une balance. Il n'empêche que Jonas, c'est un voleur d'images alors, devant Fanny, il faut pas qu'il se la joue, sinon...

Sinon rien... Je suis quand même retourné dans la cour.

À cinq heures, j'ai couru à l'arrêt du bus, je voulais rentrer avec Fanny, qu'on soit tous les deux pour que je lui sèche ses cils et que je lui explique tout.

J'ai attendu un quart d'heure et soudain, je l'ai remarquée, assise sur le porte-bagages de Jonas. Il lui avait prêté sa casquette Nike et il zigzaguait avec son vélo pour la faire rire.

Quand ils sont passés près de moi, elle m'a vu. Elle a tourné la tête et j'ai eu l'impression qu'elle s'agrippait très fort à Jonas. Ça m'a envoyé un coup de balançoire dans le cœur sauf que là, après, j'étais super triste.

5

Je suis rentré à la maison, je n'avais envie de rien. J'étais comme je suis le dimanche soir, quand j'ai passé ma journée devant la télé à me gaver de gâteaux apéritif et que je sais qu'il y a classe le lendemain.

Maman est venue me voir dans ma chambre, mais elle est ressortie sans un mot quand je lui ai hurlé qu'il y en avait marre des mères pots de colle et que, dans les droits de l'enfant, il y avait aussi la liberté de penser sans contrôle du pouvoir en place. C'est vrai, les grands, ils sont très forts pour la théorie, mais pour le reste, bonjour...

Je n'ai pas vu tomber le jour; de toute façon, dans ma tête, il faisait noir depuis le matin.

C'est papa qui est venu me chercher pour dîner.

– Salut Tom, ça va ? Ta mère m'a dit que tu écoutes pousser tes cheveux depuis six heures de l'après-midi.

Mon père a toujours des expressions de l'an deux; mais là, je dois avouer qu'il a fait fort. Non seulement il ne m'a pas demandé pourquoi j'étais triste – il a préféré croire que je glandais – mais en plus, il a parlé de cheveux. Il ne m'en fallait pas plus pour que mon chagrin se transforme en colère.

– Je voudrais la paix, si ça ne te dérange pas.

– Je te trouve bien insolent. Tu sais que moi, si j'avais répondu comme ça à mon père…

– Je sais, je sais, il t'aurait filé une ratatouille et tu aurais fini ta scolarité en pension.

– Exactement.

– Eh ouais, pas de chance.

Papa m'a regardé droit dans les yeux, genre je suis le père et tu as intérêt à t'en souvenir. J'ai soutenu son regard. Je m'étais assez écrasé toute la journée, il fallait que ça sorte.

– Tom, ne dépasse pas les bornes.

– Sinon quoi ?

Il n'a pas su répondre. J'ai vu le bas de son menton trembler et sa main droite amorcer une baffe, mais il s'est levé, raide comme une canne à pêche les jours où ça ne mord pas, et il est sorti de ma chambre.

De toute façon, mon grand-père, je ne le connais pas. Ce n'est pas la peine de me le donner en exemple. Papa est fâché avec lui depuis son mariage avec maman. Je n'ai jamais vraiment su pourquoi, c'est sujet tabou à la maison.

La seule chose que je sache, c'est que c'est un dictateur : lever à six heures même pendant les vacances, silence à table, pas de câlin, pas de bisou, mais ratatouille au moindre mot de travers. Je crois que comme papa est l'aîné, c'est lui qui s'est pris le plus de ratatouilles et je crois aussi que c'est pour ça qu'il n'arrive pas à se fâcher avec moi.

Parfois quand je fais des bêtises, je sens qu'il a envie de me donner une claque, mais je vois dans ses yeux un film qui passe. Un mauvais film dans lequel il doit se revoir tout petit, tremblant de peur. Alors devenir le méchant, lui, ça doit l'angoisser.

Quand je vais chez mes cousines Julia et Lola et qu'il y a leur grand-père, je me dis que j'aimerais bien que ce soit le mien. Je lui parle de mes problèmes et lui, il me raconte *L'Odyssée*. La dernière fois, il a passé tout l'après-midi à monter une maquette de bateau avec moi, en m'expliquant pourquoi Ulysse avait mis tant de temps à rentrer sur son île. C'est pas du tout à cause des dieux, c'est parce que Pénélope était vraiment casse-pieds et qu'Ulysse avait envie de se prendre des vacances.

Le soir, quand j'ai raconté ça à papa, il a eu l'air triste. Je n'ai pas compris pourquoi, mais après je me suis dit qu'il aurait peut-être aimé avoir un père comme lui pour me l'offrir comme grand-père.

C'est pour ça que je n'ai pas aimé qu'il ne cherche pas à comprendre mon chagrin. Il sait, lui, ce que c'est que d'être triste tout seul. Pourtant ça ne change rien, il ne parle jamais avec moi. Dès que j'essaie d'exprimer ce que je ressens, il s'arrange pour parler d'autre chose.

Le plus souvent, il allume son ordinateur portable et il me dit : « Il faut que je me mette au boulot si je veux offrir à ma petite famille une vie de rêve. » Je n'ai jamais osé lui balancer qu'une vie de rêve, ça serait une vie dans laquelle il ferait une partie de tennis sur la Wii avec moi, en me racontant des blagues Carambar complètement nulles.

En tout cas, ce qui est sûr, c'est que c'est pas pour ce soir. Il ne m'a pas appelé pour dîner et maman n'est même pas venue me chercher.

6

Ce matin, quand je me suis réveillé, je me suis senti angoissé, mais je ne savais plus pourquoi et puis je me suis souvenu de Fanny, de ses cheveux, de Jonas et de papa. J'ai mis la tête sous l'oreiller, en espérant que tout ça, ça ne soit pas vrai mais le réveil a sonné et il a fallu que, comme d'habitude, je prenne ma douche, mon petit-déjeuner et que je m'habille pour aller au collège.

C'est bizarre quand on est triste, on a l'impression que rien ne va être pareil, que forcément quelque chose va se passer. Mais non, les traces de feutre rouge sur le papier peint de la chambre sont toujours là et il faut encore courir pour attraper le bus.

La journée à l'école a été longue comme une coupure pub au milieu d'un bon film.

Si je dis que je n'ai pas envie de la raconter, tout le monde comprendra pourquoi. Fanny avec sa casquette, roucoulant avec un Jonas hypersouriant, c'est déjà assez difficile, mais si tu rajoutes des remarques du type : « Ils ont l'air heureux les nouveaux amoureux, j'espère qu'ils te prendront comme témoin pour leur mariage » ou bien « T'as raison Tom, tu la tiens comme ça ta meuf, elle bouge pas une oreille mais sa langue, oui, quand Jonas l'embrasse », c'est carrément insupportable.

Alors, j'ai serré les dents, je ne voulais pas que les autres me voient avec les cils mouillés. J'ai joué au type cool pour lequel tout ça, c'est un jeu, mais, à l'intérieur, j'avais l'impression d'être comme dans les Bugs Bunny, un petit personnage fissuré qui va tomber par terre en mille morceaux au moindre mouvement.

Je suis rentré à la maison, je n'avais même pas faim.

J'ai allumé ma Wii mais je n'avais pas envie de jouer. Maman est arrivée, mais comme je n'avais pas non plus envie de parler, je me suis allongé sur mon lit et j'ai regardé le plafond.

J'ai pensé à Fanny, à ce que j'aurais pu faire avec elle si je n'avais pas écouté les conseils de Sam.

On serait allés au cinéma, je lui aurais offert une glace et elle m'aurait fait croquer dedans comme dans les pubs à la télé.

J'ai fermé les yeux. Fanny était là, assise à côté de moi avec un débardeur parme et un jean hypermoulant, moi je conduisais ma voiture décapotable d'une main et, de l'autre, je lui caressais le genou.

Elle avait l'air contente, je l'emmenais au bord de la mer comme Jean-Louis Trintignant dans *Un homme et une femme*. « Je vais te faire goûter les meilleures gaufres du monde, je lui disais, surtout si tu demandes la Diabolique : chocolat chaud, crème de marron, chantilly, glace. » Elle me regardait avec ses yeux noirs, l'air de me dire, ma gaufre à moi, c'est toi.

Mais j'ai bien été obligé de rouvrir les yeux et là, même le plafond a rigolé :

« Pauvre type, t'es dans ta chambre, tu t'es cru le plus fort et maintenant la fille que tu aimes t'a plaqué pour un spécialiste des baleines et des étoiles. Pour te faire des films, ça t'es le meilleur, on sait que tu adores le cinéma mais, pour le reste, tout le monde sait que tu es nul. » Je me suis mis à pleurer.

Je sais que, les garçons, ça ne doit pas pleurer, surtout pour une fille, mais ça m'a fait comme une digue qui lâche. La pression de l'eau, c'est terrible, on n'imagine pas. Ça emporte des maisons, des villages entiers...

À ce moment, on a frappé à ma porte. C'était Sam, certainement alertée par maman.

Je lui ai dit que je n'avais pas envie de lui parler, qu'elle était nulle, qu'elle se croyait forte mais qu'elle était tout simplement méchante et que si maman était Cendrillon, elle, elle était vraiment sa méchante sœur – Javotte ou Anastasie, au choix – ; et que jamais elle n'arriverait à rentrer son gros pied dans une jolie chaussure et que jamais un prince n'aurait envie de l'emmener loin, qu'elle resterait une vieille fille moche et méchante.

J'ai dit ça d'un coup, sans reprendre ma respiration, à travers le trou de la serrure.

Pendant un long moment, il n'y a eu aucun bruit et puis j'ai entendu Sam renifler et des petits gémissements comme quelqu'un qui pleure.

J'ai ouvert ma porte et je l'ai vue, par terre, avec des yeux rouges comme un lapin.

– Laurent m'a quittée, il m'a juste laissé un message sur mon portable pour me l'annoncer, tu sais ce qu'il me dit : « Un bon conseil, si jamais tu en as un, branche-toi sur ton cœur, ça permettra peut-être à quelqu'un de t'aimer. »

Elle a mis sa tête dans les mains et elle a continué à pleurer. Je me suis assis près d'elle.

– Si tu veux, on peut fonder un club, Fanny ne m'aime plus. J'ai été le roi des nuls. Je lui ai demandé de couper ses beaux cheveux raides et de les faire friser. Elle l'a fait, mais elle a su que c'était un plan. Maintenant, Fanny est dans les bras de Jonas et tout le monde se fout de moi.

Sam m'a regardé avec un air désespéré et elle a pleuré encore plus fort :

– C'est ma faute, c'est ma faute, décidément, je ne sais faire que du mal aux gens que j'aime. Je ne comprends plus rien à tout ce qui arrive.

– Mais enfin, Sam, t'es quand même une super spécialiste de l'amour, non ?

Elle n'a rien répondu.

– Si tu as eu plein de fiancés, c'est parce que tu sais comment ça marche.

– Ben non…

– Non, quoi ?

– Si j'ai eu plein de fiancés, c'est parce que, justement, je ne sais pas comment ça marche. Je n'ai pas su en garder un seul…

Après cette révélation fracassante, Sam s'est mise à pleurer de plus belle. Et comme elle tenait absolument à m'expliquer le pourquoi du comment, elle a continué à parler en hoquetant et en se mouchant. C'était épouvantable.

– Quand j'ai eu dix-huit ans, j'ai rencontré celui que je croyais être l'homme de ma vie. Je le trouvais... merveilleux, profond, intelligent, drôle, beau. Il jouait du piano comme un dieu, il faisait de la boxe thaï comme un athlète, il lisait des livres de philosophie incompréhensibles... Il me faisait rire, pleurer, rêver, tout quoi !

– C'était pas un vrai, c'était un être bionique.

– Quoi ?

– Avec des qualités pareilles, c'était pas un vrai homme.

– Oh si, c'était un vrai homme...

Pendant quelques secondes, Sam a arrêté de parler et elle est restée les yeux dans le vide, à sourire béatement à mon portemanteau.

– Bon, et ton vrai homme, t'en as fait quoi ?

– Tout.

– Quoi tout ?

– Rien.

– Tout ou rien, ce n'est pas la même chose. T'es pénible Sam.

– Je lui ai tout dit, tout raconté de moi, même ce que je ne savais pas.

– Si tu savais pas, comment tu as pu lui dire ?

Sam a continué à parler sans répondre à ma question. Elle racontait son histoire avec une voix très douce, un sourire en permanence sur le visage.

– Je faisais tout pour lui plaire. Je me suis habillée comme il aimait, j'ai pensé comme il voulait, je voyais uniquement les gens qu'il connaissait, je suis devenue sa marionnette... Plus j'en faisais, plus il en demandait.

– Ben, avec tout ça, il a dû t'adorer.

– Non. Et en plus, un beau matin, je me suis réveillée, j'ai regardé dans le miroir et c'était plus moi.

– C'était qui ?

– Une autre.

– Mais c'est horrible. T'étais où, toi ?

– J'avais fondu dans lui.

– Tu me fais marcher là, Sam… T'as pas fondu ?

Sam m'a regardé et puis elle a souri.

– Non, pas en vrai. C'est une façon de parler.

J'ai respiré un grand coup. Il manquait plus que ça, qu'on se mette à fondre quand on est amoureux. Non mais parfois, les grands, ils sortent des trucs bizarres… Sam a continué.

– En plus, ce crétin m'a dit : « T'as changé, Sam, tu n'es plus comme avant, tu ris moins, t'es – comment dire – moins naturelle, moins libre. J'aimais tellement ce que tu étais avant… »

– Oh le sale type ! Et qu'est-ce que tu as fait ?

– Je l'ai quitté. Je ne mangeais plus et la nuit je me réveillais, j'avais des larmes qui coulaient toutes seules. Mais j'ai tenu bon. Je me suis juré que plus jamais un homme ne me dirait ce que j'ai à faire ou qui je dois être. Le problème c'est que, depuis, je n'ai plus confiance, je me blinde dès qu'un garçon s'approche. Je suis devenue un mur de béton. Laurent, je l'aime, mais je n'arrive ni à lui dire ni à lui montrer.

À ce moment, maman est arrivée dans le couloir, elle nous avait préparé un plateau avec du sirop d'orgeat et des gâteaux à l'anis. Elle l'a déposé et elle est repartie sans un mot.

Ça aurait été facile pour elle de se moquer de nous, de nous dire que c'était bien fait, qu'on ne traite pas les gens comme ça, qu'un jour ou l'autre, le boomerang, il te revient en pleine figure ; mais elle s'est tue et j'ai apprécié son silence, même s'il faisait plus mal que les mots.

Ça a déclenché chez Sam une nouvelle crise de larmes que rien n'a pu arrêter. J'ai appelé maman parce que je ne savais pas quoi faire de cette eau. Elle lui a dit tout doucement :

– Qu'est-ce qui se passe ma Sam ? Je ne t'ai jamais vue dans cet état.

– Je suis un monstre... j'ai des barbelés tout autour. Je ne sais plus aimer. Comment tu fais, toi ?

– Je fais comme je peux... Et parfois je fais mal.

– Toi, faire mal ? Mais tu es un modèle. Ta maison est impeccable, ton mari t'adore, ton fils est une merveille.

– Ah oui, tu crois ça ? Tu devrais venir plus souvent à la maison. C'est pas toujours simple. Parfois, Pierre travaille comme un fou, il se branche sur son portable dès qu'il rentre. Il n'ouvre la bouche que pour demander si le dîner est prêt. Tom joue à la Wii ou téléphone à Gaston. Je passe ma soirée sans que qui que ce soit me voie ou me parle.

– C'est vrai ?

– Bien sûr, ma Sam. Mais il y a aussi le bonheur d'aller à la cinémathèque avec Tom ou de me réveiller avec Pierre à mes côtés. J'adore quand on écoute de la musique tous les trois ou qu'on mange un énorme gâteau au chocolat en s'en mettant plein les doigts. C'est tout ça, ma vie avec eux…

– Mais toi, rien que pour toi ? Tu fais quoi ?

– Ça, c'est mon jardin secret… Viens voir…

On a suivi maman dans sa chambre. Elle a ouvert son armoire, sorti une grosse caisse pleine de cahiers. J'ai vu des titres : *La montgolfière et le scotch double face, Takakité Tondoyo, le sumo amoureux...*

– C'est quoi, ces trucs-là, maman ?

– Ce sont mes histoires pour enfants, celles que j'écris depuis des années quand vous partez travailler.

– Mais tu ne nous les as jamais montrées ?

– Non.

– Tu les as envoyées à un éditeur ? lui a demandé Sam.

– Non.

On est restés la bouche ouverte comme les carpes dans les films sur les poissons d'eau douce. Puis Sam a retrouvé la parole :

– Je n'en reviens pas… Je ne connais rien de la vie de ma sœur. La fée du logis n'aime pas ses éponges, s'ennuie parfois en famille, mange salement ses gâteaux au chocolat et est un grand écrivain méconnu. C'est tout, tu n'as rien d'autre à nous révéler ?

– Si. Pierre, Tom et toi, vous êtes ma famille et je vous aime tels que vous êtes.

Là, ça a été le bouquet, Sam s'est remise à pleurer comme un bébé, elle est tombée dans les bras de maman qui l'a consolée.

Et le soir, elle n'est même pas rentrée chez elle. Elle a pris le sac de couchage de Gaston et elle a dormi au pied de mon lit.

Je l'ai regardée dormir, elle n'avait plus rien de la fille irrésistible d'un film de James Bond, elle ressemblait plutôt à un chaton qui s'est fait attaquer par un pitbull.

Il devait être au moins une heure du matin, j'étais encore en train de réfléchir quand Sam s'est mise à crier :

– Non, non, non je ne veux pas me marier, laissez-moi...

Je suis descendu de mon lit, je lui ai caressé la tête, comme maman me fait quand j'ai des cauchemars, et elle s'est calmée.

Je me suis dit que décidément, les adultes, c'était pas autre chose que des enfants dans des corps de grands.

Entre papa et ses ratatouilles de petit et Sam et ses rapports de force avec les garçons, personne n'a oublié ses problèmes d'enfant. Peut-être maman... Et encore, quand elle pique sa crise, on peut se poser la question. « Vous croyez quoi, vous ? Que je suis votre femme de ménage, que je n'existe que pour ramasser vos tasses de café et vos bols de céréales vides ? C'est simple, vous ne me voyez plus, je fais partie du décor. Mais vous avez intérêt à vous souvenir que je suis libre, je suis une femme libre, et demain, si je veux, je peux partir d'ici et aller où je veux sur la terre. »

Quand elle prononce le mot terre, on a l'impression que c'est la menace suprême. Je n'ai jamais compris pourquoi elle nous disait ça. On sait tous qu'elle a un passeport et qu'elle sait faire une valise. Elle les prépare tous les ans quand on part en vacances.

En plus, dès qu'on s'en va deux semaines loin de la maison, elle est la première à dire : « Ça fait du bien de rentrer chez soi, j'adore mon petit nid. » Alors...

Un jour où elle m'avait disputé pour rien, elle m'a expliqué que, lorsqu'elle s'énervait comme ça, je n'étais pas responsable, que c'était un truc qu'elle n'avait pas réglé avec mamie.

Faut dire que mamie, dans le genre « je suis la reine mère et même pour faire pipi, faut me demander l'autorisation », elle se pose là. Maman m'a expliqué que, lorsqu'elle était ado, elle rêvait d'être une femme libre, d'aller où elle voulait sur la terre et qu'elle étouffait en famille.

En tout cas, c'est pas rassurant. Penser que les gens deviennent des parents avant d'avoir arrêté eux-mêmes d'être des bébés, ça fout la trouille.

Surtout que, si on pousse plus loin le bouchon, on peut même se demander si les papis et les mamies ne seraient pas, eux aussi, des bébés déguisés en vieux.

Alors là, j'arrête, c'est le cauchemar, c'est *Jurassic Park* en grenouillère…

7

Avec toutes ces angoisses, je ne me suis endormi qu'au petit matin. Sam était déjà levée quand je me suis réveillé, elle avait des yeux comme des gnocchis. Elle m'a fait un grand sourire, genre « j'ai repris le dessus » ; d'ailleurs, elle m'a dit :

– On ne va pas se laisser abattre, hein, l'asticot, en tout cas, pas pour une Pocahontas qui s'est fait scalper ses nattes ni pour un James Bond de supermarché. On s'en moque. Des garçons et des filles, il y en a plein les rues, il n'y a qu'à se baisser pour les cueillir.

– Sauf que quand tu veux une orchidée rare, ça ne t'avance pas de savoir qu'il y a des marguerites plein la prairie.

– Ben, qu'est-ce qu'il t'arrive, toi, t'es devenu poète ?

– Non, c'est pire, je suis amoureux et c'est une sacrée galère. Je ne savais pas que c'était aussi dur, puis surtout, je croyais que c'était un truc de fille et maintenant je ne sais pas quoi en faire.

– Oh, merde, Tom, t'es contaminé.

– Et toi ? Tu t'es vue ce matin ?

Sam est tombée à plat comme une crêpe sur mon lit. Elle a perdu d'un seul coup son sourire préfabriqué.

– Et remerde, on est foutus. Ils nous ont attrapés, cernés, coincés, englués avec leurs sentiments. On n'est plus étanche, le béton prend l'eau. Qu'est-ce qu'on va devenir ?

On est restés un long moment à se regarder sans rien dire, et j'ai vu mon amour pour Fanny comme un énorme Alien tapi au fond de mon cœur et ça m'a fait super peur.

– Il faut agir, Tom, trouver des réponses, comprendre comment ça fonctionne, repérer le mécanisme. On va s'acheter des livres. Il y a *Windows pour les nuls*, il doit bien y avoir *L'Amour pour les nuls*. Je ne vois plus que ça.

Aussitôt dit, aussitôt fait, on a pris nos manteaux et on est partis chez Virgin. Virgin, c'est une immense librairie sur les Champs-Élysées. C'est très grand, très silencieux, on dirait un immense navire avec personne aux commandes.

On s'est dirigés vers le rayon sciences humaines et là, je me suis vraiment rendu compte qu'on n'était pas les seuls à avoir des problèmes avec l'amour. Il y en avait des rayonnages entiers : *Il n'y a pas d'amour heureux, Hommes femmes mode d'emploi, Dis, c'est comment l'amour ?, L'amour, une prise de risques, Pourquoi on ne peut pas s'empêcher d'aimer, Histoire du coup de foudre, Petite histoire à deux*… J'en passe et des meilleurs.

Ce qui était certain, c'est qu'on ne pouvait pas tous les acheter ; alors on en a choisi deux au hasard et on est rentrés à la maison.

Sur le chemin du retour, on est passés devant une belle boutique qui vend des robes de mariées. Je me suis arrêté pour regarder. Il y en avait une vraiment jolie, une vraie robe de princesse. J'ai demandé à Sam si elle ne voudrait pas la porter en tenant Laurent par le bras.

– Pour avoir l'air cruche comme toutes les idiotes qui se marient. Merci bien.

Je ne me suis même pas donné la peine de lui faire remarquer qu'elle ne pensait pas ce qu'elle disait, que c'était encore son baratin de fausse fille mal libérée. J'ai continué à marcher. Pas de bol pour elle, dix mètres plus loin, il y avait un magasin de vêtements pour bébés. J'ai bien vu qu'elle l'avait vu. Elle a accéléré pour ne pas croiser mon regard.

Quand je l'ai rejointe un peu plus loin, elle avait le bout du nez rouge et les yeux mouillés. Sans commentaires…

En rentrant, on a filé dans ma chambre et on s'est mis au boulot.

Samantha lisait à voix haute et quand il y avait des mots que je ne comprenais pas, elle m'expliquait.

Samantha, elle travaille dans la pub, elle trouve des noms et des slogans pour des nouveaux produits. Ça peut être de l'huile d'olive, un nouveau logiciel informatique ou des couches pour bébés. Alors les mots, c'est son domaine.

Pourtant, à huit heures du soir, on en était toujours au même point : l'amour, tout le monde en parle, mais personne n'y connaît rien.

Entre ceux qui pensent qu'on veut retrouver la douceur des bras de sa maman, ceux qui croient qu'on cherche la femme qu'on aurait connue dans une autre vie, ceux qui affirment que ça dépend de la position des étoiles, des hormones ou des ondes du cerveau ; entre tous ces gens-là, j'ai perdu la tête. À croire que l'amour, ça dépend de tout, sauf de nous.

J'étais encore plus déprimé après et j'en suis arrivé à la deuxième constatation pénible de ma vie : après avoir compris que les parents sont des ex-enfants qui n'ont pas toujours réglé leurs problèmes, il fallait se rendre à l'évidence, les écrivains sont des gens qui expliquent à des ignorants des choses qu'ils ne comprennent pas eux-mêmes. J'ai fait part de cette réflexion à Sam et elle m'a dit en se marrant :

– Si petit et déjà une si grande compréhension de la vie.

En temps normal, ça m'aurait fait rire, mais là, je ne sais pas pourquoi, ça m'a accablé. Les vannes ont lâché et je me suis encore mis à pleurer. Maman, qui passait dans le coin pour nous avertir que le repas était prêt, nous a regardés bizarrement et est repartie. Trois minutes après, papa est entré dans ma chambre et, pour la première fois de toute mon existence, il m'a invité à prendre un Coca, au café d'en bas.

8

C'était drôle de se retrouver tout seul avec papa sans qu'il y ait maman. J'étais à la fois hyper content et en même temps mal à l'aise parce qu'en fait, avec papa, comme on ne parle pas souvent ensemble, je ne sais pas quoi lui dire.

Je le vois tous les soirs pourtant, on n'est pas fâchés mais c'est comme s'il était un étranger.

Remarque, lui non plus, il n'avait pas l'air à l'aise dans ses chaussures. Il a attendu un petit moment, il m'a regardé, sa bouche s'est entrouverte comme s'il allait commencer à parler, mais il l'a refermée, l'air ennuyé. Il s'est gratté la tête, il a regardé ses pieds, il a de nouveau ouvert sa bouche… Pas un son. J'étais sur le point de faire la troisième constatation dramatique de ma vie : les pères ont des relations d'amour plus grandes avec leurs ordinateurs qu'avec leurs enfants, quand il s'est mis enfin à parler :

– Mon fils…

Ça commençait bien, on aurait dit Al Pacino dans *Le Parrain*.

– Mon fils, ta mère est très inquiète, ça n'a pas l'air d'aller très fort pour toi en ce moment. Elle a pensé que ce serait peut-être plus simple de me parler parce que je suis un homme et que tu es un garçon. Alors comme je sais que c'est dur de dire ses propres difficultés, je vais te faire la liste de ce qui pourrait te poser des problèmes et tu m'arrêtes quand je tombe juste. Tu as de mauvaises notes à l'école ? Tu t'es disputé avec ton meilleur copain ? Tu fumes et tu ne sais pas comment nous l'annoncer ? Tu es victime d'un racket à l'école ?

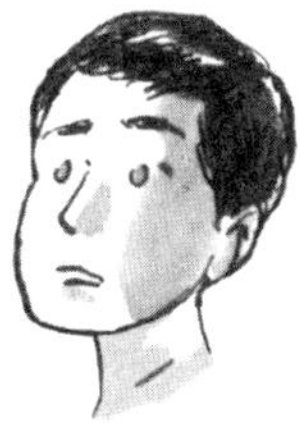

Pauvre papa, j'ai compris à ce moment-là pourquoi il ne parlait plus qu'avec son ordinateur. À force de regarder ses tableaux de chiffres, il avait dû muter en machine sans que personne ne s'en rende compte. Il n'y avait plus que quatre problèmes types pour les individus mâles de douze ans, il fallait choisir dans la liste.

– Alors Tom, lequel ?

J'ai pensé qu'un électrochoc humain lui ferait le plus grand bien.

– Ma petite amie est enceinte, mais comme elle n'a que six mois de plus que moi et qu'elle carbure à la drogue, on ne sait pas si on va garder l'enfant.

Je ne savais pas qu'un humain pouvait devenir aussi blanc. Au-delà du blanc, une couleur indéfinissable, proche de la transparence… J'ai eu peur que mon père fonde, alors je l'ai rassuré.

– Mais non, papa, c'est pas ça, je suis amoureux.

– D'une fille ?

L'électrochoc humain avait dû être trop violent. Papa se mettait à envisager des trucs auxquels je n'avais pas pensé.

– Non, d'un hamster réfugié politique.

Papa a souri puis il s'est mis à rire, d'un rire que je ne lui connaissais pas. Le rire du type vraiment content parce qu'il vient d'échapper à un truc grave.

Je l'ai laissé se marrer. Il a viré au rouge, tellement il riait.

– Elle s'appelle comment, Tom, ta fiancée ?

– Elle s'appelait comment, tu devrais dire.

– Elle t'a plaqué ?

– Non, je l'ai mise dans les bras d'un autre, c'est pire…

Comme papa avait l'air de s'intéresser à la chose, je lui ai tout raconté : les plans de Sam, les cheveux raides de Fanny, ses yeux noirs, la permanente, Gaston, la casquette de Jonas, les livres sur l'amour. Tout quoi…

Il m'a regardé avec un super gentil sourire.

– Et qu'est-ce que tu comptes faire ?

– Je ne sais pas. En tout cas, je ne veux plus retourner au collège.

– Et tu vas laisser Fanny aux mains de Jonas sans te battre pour la récupérer ?

– Je ne vais quand même pas la forcer à m'aimer.

– La forcer, non, mais lui donner les raisons de le faire, oui.

– T'as un plan ?

– Ça suffit maintenant avec tes plans, ça ne t'a pas servi de leçon, le plan de Sam ?

– Si.

Papa a marqué un temps d'arrêt et puis il m'a raconté une histoire. Celle de maman et lui quand ils se sont rencontrés. J'aurais jamais imaginé ça de mes parents.

Avant de rencontrer papa, maman connaissait un autre homme. Il paraît qu'il avait plein d'argent, qu'ils vivaient dans un grand appartement dans le quartier du Marais et qu'il lui offrait plein de cadeaux. Papa à l'époque, il était à la fac, complètement fauché, et il vivait dans un studio en plein Belleville.

Eh bien, c'est quand même lui qu'elle a fini par choisir. Il lui faisait des fleurs avec du papier-toilette rose, il mettait du Perrier avec de la grenadine dans les coupes à champagne et il lui a offert une bague de fiançailles en fil de fer avec une capsule de Coca à la place du diamant.

Ça l'a sciée ma mère, elle a craqué. Elle a lâché l'autre type et elle est venue vivre avec papa dans son taudis. Il paraît que c'est là-bas qu'ils m'ont fait. Ils n'étaient même pas mariés.

C'est pour ça que papa est fâché avec papi. Parce que, pour mon grand-père, un enfant conçu hors mariage, c'est une honte. Comme papa lui a tenu tête en disant qu'ils allaient me garder, papi a levé la main pour une ratatouille ; papa lui a attrapé la main au vol, il lui a rappelé qu'il avait vingt-deux ans et il a ajouté qu'il ne reviendrait plus tant qu'il ne serait pas respecté en tant qu'homme dans la maison de son père.

– Tu vois, Tom, être un homme, ce n'est pas être un macho qui demande un sacrifice à une femme pour prouver qu'il est le plus fort, ni être un homme dur qui tape sur son gosse pour lui montrer qu'il est le père.

C'est savoir qui on est, ce qu'on veut vraiment et le dire avec des mots, des gestes, des actes, sans jamais avoir peur du ridicule. C'est quelque chose que j'avais oublié ces derniers temps et tu vois, c'est toi qui me l'as rappelé, mon fils.

Papa m'a pris dans ses bras et m'a embrassé très longtemps. J'ai senti de l'eau sur mon oreille ; ses larmes avaient dû couler en diagonale.

9

Quand on est rentrés à la maison, Sam était partie. Maman nous attendait à moitié endormie sur le canapé. Elle s'est levée d'un seul coup en nous voyant comme si une famille d'oursins s'était glissée sous ses fesses.

– Vous étiez où ? J'étais inquiète.

– Au café en bas, maman, on a discuté longuement entre hommes.

Ma mère m'a regardé d'un air super étonné, je lui aurais dit que la reine d'Angleterre venait dîner, ça lui aurait fait le même effet. Puis elle s'est tournée vers papa.

– Toi, tu as discuté longuement avec ton fils ?

– Oui, lui a répondu papa, c'est interdit ?

– Non, c'est pas ça, c'est parce que… enfin, c'est… Je voulais dire…

– T'as du mal à parler, maman. Papa, tu ne crois pas qu'il faudrait qu'on l'aide ?

– Je vais m'en charger, fiston. Je savais très bien faire ça dans le temps.

Il s'est approché de maman et il lui a fait un bisou dans le cou.

– Tu viens, j'ai des choses à te dire.

– Mais tu n'as pas de travail, ce soir ?

– Si, un sacré boulot, rattraper le temps perdu.

J'ai fait un clin d'œil à papa et je suis parti dans ma chambre pour les laisser s'expliquer et puis aussi pour réfléchir à ce qui me restait à faire pour reconquérir Fanny.

Quand je me suis réveillé le lendemain, il n'y avait pas un bruit dans la maison. Ça m'a semblé bizarre parce que d'habitude, le dimanche matin, j'entends maman qui vide le lave-vaisselle et papa qui imprime son bilan de la semaine. Là, rien. La maison était silencieuse comme dans les films d'horreur juste avant qu'il y ait du sang sur les murs.

J'ai marché jusque dans leur chambre, je suis entré sans faire de bruit et là, j'ai vu un spectacle incroyable…

Maman était installée sur son lit comme une princesse, une guirlande de fleurs en papier-toilette rose autour du cou, un plateau avec un super petit-déj' sur les genoux. Papa était assis près d'elle avec un air ravi.

On aurait dit la dernière image des vieux films américains ; ceux où le couple est au bord de la crise et où, après plusieurs péripéties, tout se termine bien.

À ce moment-là, je me suis demandé si ça valait vraiment le coup que je galère avec Fanny pour finalement en arriver là dans vingt-cinq ans. Et puis je me suis dit qu'avant d'être vieux et ringards, on aurait le temps d'être jeunes et cool.

Je les ai laissés roucouler. J'ai téléphoné à Sam. Elle était dans son lit et avait l'intention d'y rester jusqu'à sa mort. Elle m'a même parlé de se retirer dans un couvent ou de partir soigner les lépreux, je ne sais plus dans quel pays. Je lui ai raconté pour mes parents, ça l'a fait marrer puis elle m'a dit sur un ton catastrophé :

– Un couple sur trois qui reste ensemble et les deux autres qui se séparent, on correspond aux statistiques françaises sur le divorce, Tom. C'est affreux, on est foutus.

– Tu es foutue Sam, si ça te plaît, moi je vais tout faire pour que ça change.

10

L'après-midi, papa a fait marcher son imprimante mais, cette fois-ci, c'était pour sortir les romans de maman. Elle lui avait montré la boîte dans son armoire. Il faisait de grands gestes, sortait des enveloppes géantes en kraft et répétait sans arrêt :

– Il faut envoyer chaque roman à au moins quatre maisons d'édition sérieuses, alors méthode, rigueur et concentration.

Avec maman, ça nous a fait mourir de rire. Plus on le regardait, plus on le trouvait drôle. Il avait complètement oublié qu'on était là, tous les trois dans le salon. Il se croyait seul à régler un problème d'importance mondiale et ça le mettait dans un état méga dramatique.

– Maman, tu crois qu'il va imploser ?

– Je ne sais pas.

– Tu pourrais peut-être lui dire de rester cool, qu'il n'y a rien de grave.

– Avec ton père, chéri, tout est grave…

– Et tu arrives à le supporter depuis tout ce temps ?

– Oui.

– Comment tu fais ?

– Comme la montgolfière.

– Comme qui ?

– Comme la montgolfière amoureuse du rouleau de scotch double face.

– C'est quoi cette histoire ?

– C'est une de mes histoires.

– Vas-y, raconte…

Je me suis installé sur le canapé, la tête sur les genoux de maman.

– Tu me cherches les poux pendant que tu racontes, je crois que ça me gratte.

– Ah oui ? Oh là là, montre-moi ça.

Ça, c'est un truc que j'adore depuis la maternelle. Un jour, j'ai enfilé la cagoule d'un copain qui avait des poux et je me suis retrouvé super pouilleux. Maman en a fait une vraie maladie, elle a passé la maison au lance-flammes et moi j'ai eu droit à un traitement de choc : tous les produits antipoux qui existent en pharmacie.

Après, chaque soir, elle mettait un drap blanc sur ses genoux. Elle me faisait poser la tête comme un condamné à mort et j'en avais pour deux heures de maman chimpanzé.

Dans les mois qui ont suivi, dès que je me grattais la tête, comme ça, pour rien – on a bien le droit d'avoir la tête qui gratte – paf… à genoux, inspection générale. Comme ça me faisait des petits câlins sur la tête, je finissais toujours par m'endormir. Alors depuis, quand j'ai envie qu'elle s'occupe de moi, je me gratte la tête devant maman. Ça ne loupe pas, elle cherche.

– Alors, qu'est-ce qui lui arrive à ta montgolfière ?

– C'est l'histoire ancienne d'une très jolie montgolfière. Rouge avec des rubans multicolores qu'elle ajustait chaque matin devant son miroir. Elle n'en finissait jamais de se préparer à être belle. Un matin qu'elle lissait ses rubans, elle entendit une voix derrière elle :

« Bonjour charmante demoiselle, puis-je vous inviter à vous promener avec moi ? »

Amandine se retourna – Amandine, c'était le nom de la montgolfière – Amandine donc se retourna pour savoir qui lui faisait cette proposition et elle vit, collé sur la route, un rouleau de scotch double face.

« Je ne crois pas que nous ayons été présentés, monsieur, lui dit-elle avec un certain dédain.

– Bien évidemment, je m'appelle Eliot et je ne passe pas ma vie à m'amuser comme vous, moi. J'ai une fonction, je suis utile, mademoiselle : je colle et, croyez-moi, c'est fondamental. Je ne voudrais pas me vanter, mais je colle même des deux côtés.

– Ah oui, vous collez, comme c'est ennuyeux, vous devez avoir un mal fou à bouger. Moi, voyez-vous, je décolle et j'adore ça. Je monte, je monte et je vois de très belles choses : des nuages transparents, des plumes magiques et les pensées des enfants. D'ailleurs, excusez-moi mais je dois y aller. »

Aussitôt dit, aussitôt fait, elle s'envola dans les airs sans le saluer.

– Quelle pimbêche !

– Parce que, lui, tu le trouves drôle ?

– Non, il se croit important, parce qu'il colle et il est jaloux d'elle parce qu'elle est libre.

– Oui, eh bien écoute la suite. Le lendemain, au même endroit, à la même heure, Eliot le rouleau de scotch double face se présenta.

« Bonjour mademoiselle, alors heureuse de votre promenade d'hier ? Encore une journée à ne rien faire ? »

Amandine le massacra du regard.

« Dis donc, pot de colle, tu veux voir des trucs que tu n'as jamais eu l'occasion de voir ? »

Et elle sortit de sa nacelle une plume d'ange, un morceau de soleil et une branche d'étoile.

Eliot ouvrit de grands yeux étonnés. Quand on passe son temps sur terre à coller, on oublie le ciel. Amandine vit son trouble et fut touchée.

« Si tu veux, je te montrerai chaque jour ce que je rapporte.

– Pas la peine, répondit Eliot, je n'ai pas de temps à perdre avec tes futilités, je suis quelqu'un d'efficace, j'ai des choses utiles à faire.

– Très bien, monsieur l'important, et pas la peine de repasser dans le coin, le scotch, je n'aime pas, ça m'empêche de décoller. »

Eliot s'en alla donc tandis qu'Amandine décollait, folle de rage. Quelques jours passèrent, Eliot pensait de plus en plus souvent aux plumes d'ange et aux morceaux de soleil. Sa vie lui semblait morne et triste.

Un après-midi de soleil, alors qu'il avait soixante cartons de déménagement à coller, il eut envie de voir Amandine. Il roula jusqu'à son jardin et là… stupeur… La montgolfière était là, complètement dégonflée, avachie sur sa nacelle. Lorsqu'elle vit Eliot, elle essaya de se regonfler mais sans succès.

« Que s'est-il passé ? lui demanda-t-il gentiment.

– Des coups de bec d'un aigle. Je suis passée au-dessus de son nid, ça l'a énervé.

– Et qu'est-ce que tu vas faire ?

– Je ne sais pas, ma vie est terminée, je ne supporterai jamais de rester sur le sol. »

Eliot réfléchit un moment, puis il repartit en lui disant de ne surtout pas s'inquiéter parce qu'il allait bientôt revenir.

Une heure plus tard, armé d'une bombe à hélium, il redonna sa belle forme ronde à Amandine et scotcha les petits trous faits par l'oiseau.

« Grimpe dans la nacelle, Eliot, je te nomme chevalier de l'ordre des Étoiles. Dorénavant, pas un voyage ne se fera sans toi.

– Parfait, lui dit Eliot en montant, j'ai du travail là-haut, je raccommoderai les nuages, j'en ai vu des complètement déchirés. »

C'est ainsi que les deux amoureux s'envolèrent ensemble, fous de joie. Eliot pensait : « J'ai fini par lui faire admettre l'utilité des choses utiles », tandis qu'en riant Amandine fredonnait : « J'ai fini par lui faire admettre l'utilité des choses inutiles. »

Voilà, jeune homme, pourquoi je supporte l'air toujours sérieux de ton père ; il colle des deux côtés mais il aime les étoiles même s'il ne le montre pas.

À ce moment-là, papa, qui avait fini d'imprimer les textes, s'est approché de nous.

– Qu'est-ce que vous devez coller des deux côtés ? Mais il n'y a rien à coller. Elles sont autoadhésives, les enveloppes. Vous avez vraiment le don de compliquer les choses simples. Heureusement qu'il y a un homme efficace dans cette famille pour gérer les situations.

Après m'avoir lancé un clin d'œil, maman l'a regardé très sérieusement :

– C'est vrai, elles sont autoadhésives, les enveloppes ? Ah mais très bien. Tu vois, Tom, ton père a réglé notre problème, plus besoin de chercher de la colle, il s'en charge lui-même.

J'ai félicité papa pour son hyper ultra-efficacité, ça lui a fait super plaisir. Décidément, il n'en faut pas beaucoup pour rendre heureux les parents.

Une fois couché, l'histoire de maman m'a trotté dans la tête ; finalement, l'amour, c'est encore plus compliqué que je ne pensais : si avec Fanny, il faut que je colle de tous les côtés et qu'en plus je décolle, je ne suis pas sorti de l'auberge.

11

Fanny était super belle quand elle est arrivée lundi. Elle avait un bandana rose dans les cheveux et une robe en jean toute moulante. Elle ressemblait à une montgolfière, à un top model, je veux dire. Les filles qui s'étaient moquées d'elle en ont ravalé leur venin et les garçons l'ont regardée avec la langue jusqu'aux pieds, comme le loup dans les Tex Avery.

– Finalement, cette permanente, c'est une idée de génie, ça donne du volume à des cheveux plats, tu ne trouves pas, Tom ?

Je n'ai même pas répondu à cette peste de Cindy. Je me suis assis à ma place et j'ai attendu que le cours commence. On avait français. J'aime bien ma prof. Elle sent toujours bon et, quand elle bouge, ses bracelets font du bruit.

Parfois, elle est en train de nous expliquer un truc et, tout d'un coup, son regard est attiré par la fenêtre. Elle se met à rêver, ça dure plusieurs secondes. Il y en a qui se marrent, moi, ça me fait de la peine. J'ai l'impression qu'elle est comme la chèvre de M. Seguin. Elle est attachée ici, mais elle rêve d'être ailleurs.

Elle nous a lu un texte, un type qui avait tué un homme sur une plage, il faisait très chaud, il avait tiré plusieurs balles et il ne savait pas pourquoi. Dans le passage, il était en prison et on allait l'exécuter le lendemain. Il allait mourir et il comprenait enfin des choses importantes.

La prof nous a demandé si nous aussi, il nous était arrivé de comprendre des choses importantes un peu trop tard. Ça m'a fait un grand coup de balançoire. J'ai levé le doigt.

– Oui, Tom ?

J'ai respiré très fort. Mon cœur cognait dans ma poitrine. Mes jambes étaient toutes molles. J'ai même cru que j'allais vomir mon bol de céréales.

– Voilà madame, j'ai compris quelque chose beaucoup trop tard et depuis ça ne va pas bien.

– Si tu penses que c'est trop tard, c'est parce qu'il y a, comme dans le roman, l'impossibilité de réparer. Tu es sûr que c'est vraiment le cas ?

Je me suis retourné vers Fanny.

– Je crois, oui, mais il faut demander à celle qui a la réponse.

Il y a eu un grand silence dans la classe. Fanny a baissé la tête et n'a rien répondu. Alors, j'ai ajouté :

– Il faut peut-être que j'explique les choses pour que vous compreniez. Il y a quelques jours, j'ai été le roi des nuls, j'ai mal agi. J'ai cru être le plus fort, j'ai été le plus méchant. J'ai fait du mal à quelqu'un que j'aime, mais ce n'est pas ce que je voulais faire. Maintenant, cette personne croit que je suis un sale type et elle s'est pris un garde du corps pour m'empêcher de l'approcher et de m'expliquer.

La prof est venue près de moi, elle m'a mis la main sur l'épaule et elle m'a dit comme si elle n'avait pas compris que je parlais de Fanny :

– Et si tu avais la possibilité d'être entendu par cette personne, qu'est-ce que tu lui dirais ?

– Je lui demanderais pardon d'abord pour ce que j'ai fait. Je lui dirais que ce n'est pas du tout ce que je voulais… Et que plus tard, si elle arrive à oublier et à pardonner, je voudrais redevenir son ami.

Il n'y avait pas un bruit, pas un murmure dans la classe. Comme si tout le monde avait été congelé d'un coup. Le temps s'est arrêté quelques minutes. J'aurais vraiment voulu être ailleurs, très loin, sur une autre planète. Mais tout d'un coup, la prof a applaudi, fort, très fort et les autres ont suivi.

Fanny avait toujours la tête baissée, mais j'ai cru voir comme de la joie qui passait sur son visage. Les applaudissements ne se sont pas arrêtés…

– On est les champions, on est les champions, on est, on est, on est les champions, ont commencé à chanter les garçons.

On se serait crus à la finale de la coupe du monde de foot. Les filles sont montées sur les tables pour faire les pompom girls. En quelques secondes, la classe s'est transformée en une gigantesque fête. La prof est devenue toute rouge, elle s'est mise à crier, mais, dans le brouhaha, je ne voyais que ses lèvres bouger, je n'entendais pas ce qu'elle disait. Le prof de la classe à côté a cogné dans le mur pour obtenir le silence. Rien n'a pu les calmer.

Heureusement, la cloche de la récré a sonné, ils ont tous pris leur cartable et ils sont sortis en riant.

Je suis resté assis à ma place, je ne me sentais pas la force de me lever ni de parler avec les autres. La prof a rangé ses affaires, elle semblait énervée. Je l'entendais râler dans son coin. Elle ne m'a pas dit un mot. Elle est partie comme si je n'existais pas. Même après son départ, j'ai senti son parfum.

12

Quand je suis sorti de la classe, Fanny m'attendait, bien plantée au milieu de la cour. Évidemment son garde du corps était à côté d'elle. Je me suis avancé vers eux. Jonas m'a fait un clin d'œil discret et s'est éloigné. Fanny, elle, m'a regardé méchamment. J'ai balbutié quelques mots :

– Je te demande pardon, Fanny.

– Ça ne suffit pas.

– Je sais.

– C'est trop facile de faire du mal aux gens et de faire son cirque après, devant les copains et les profs. Je ne suis pas un personnage de tes vieux films pourris, je suis une personne. Tu m'as humiliée devant tout le monde. Maintenant, j'ai beau mettre un bandana rose et ressembler à une pop star, dans ma tête, je suis moche.

J'ai baissé les yeux, tellement les siens lançaient des éclairs. J'ai attendu un petit moment et j'ai dit tout doucement :

– T'es super belle Fanny. Ta force à toi, elle n'est pas dans tes cheveux.

Comme elle ne m'a pas interrompu, j'ai continué :

– J'ai vu un super film hier, ça m'a fait penser à nous.

– C'était *Scream 2*, celui où il y a un type qui a l'air gentil mais qui se révèle être un monstre ? Il attire la fille avec de grands sourires dans un guet-apens et après il la massacre à la tronçonneuse.

– Non, c'était *Samson et Dalila.* Un vieux film de 1951 réalisé par Cecil B. De Mille. Tu connais l'histoire ? C'est celle d'un homme très fort qui protège son peuple et éclate tous les Philistins qu'il croise. Personne ne sait d'où il tient sa force. Alors, un jour, on envoie une espionne. Elle s'appelle Dalila. C'est un canon, avec de grands yeux noirs comme les tiens. Elle drague Samson et il tombe fou amoureux d'elle. Il lui livre son secret : toute sa force réside dans ses cheveux. Si on les lui coupe, il devient un agneau docile. Une nuit, la traîtresse lui fait la boule à zéro pendant qu'il dort.

Au matin, les Philistins l'enchaînent sur la place publique et lui crèvent les yeux. Samson le fort devient la risée de tous. Dalila se rend compte qu'elle l'aime et regrette son geste, mais il est trop tard.

– C'est horrible ton histoire. Ça ne m'étonne pas que tu aies des idées aussi tordues si tu regardes des films pareils.

– Attends, c'est pas fini… Les cheveux de Samson repoussent et sa force aussi. Il brise ses chaînes et détruit le temple dans lequel il y a le roi et tous les Philistins.

– Et il retrouve Dalila ?

– Non, il meurt sous les ruines. Il ne lui aurait peut-être jamais pardonné, il valait mieux qu'il meure.

– C'est débile, il fallait essayer au moins. Quand on aime les gens, on peut tout leur pardonner.

– C’est vrai, tu penses ça, toi aussi ? Que lorsqu’on aime les gens, on peut tout leur pardonner… Même une trahison terrible. Alors pour nous, c’est pas trop tard, il y a un moyen de réparer ?

– Fiche-moi la paix.

Je me suis approché d’elle, tout doucement, et je lui ai fait un bisou dans le cou. Elle a reculé comme si elle avait vu une araignée géante.

Et puis elle m’a souri.

– Elle s’en sort trop bien, Dalila. Moi, je trouve injuste que Samson meure. Tu vois, si c’était moi, après sa trahison, Dalila, je lui fais attraper la varicelle ; elle est couverte de boutons, elle est super moche. Samson est mort de rire en la voyant défigurée et il la quitte pour une meuf belle et gentille.

– Impossible, je te rappelle que Samson est aveugle.

– Oui, mais ce que tu ne sais pas c'est que Samson est soigné par un médecin qui s'appelle Jonas et il recouvre la vue.

– D'accord mais le médecin Jonas, il se fait dégommer tout de suite après. On apprend qu'il tentait de voler des illustrations de grande valeur et il finit ses jours dans une horrible prison.

– Ah bon et pourquoi Dalila n'en tomberait-elle pas plutôt amoureuse ?

– Parce que c'est un naze. À part soigner ses baleines, il ne sait rien faire.

– Je ne suis pas d'accord. C'est un très bon conseiller, alors elle ne tombe pas amoureuse de lui mais elle le garde comme ami.

– C'est sûr qu'elle ne tombe pas amoureuse ?

– Quand elle a le beau Samson sous les yeux, il n'y a plus personne d'autre qui compte.

J'ai respiré un grand coup, je me suis senti la force d'abattre un bataillon de Philistins, et j'ai ajouté :

– Et après, Samson, grand seigneur, pardonne à Dalila. Il l'épouse, lui fait deux mini Samson avec des couettes. Musique. THE END. Générique.

– Ça ne se passe certainement pas comme ça. L'histoire n'est pas finie. Avant le mariage et les deux mini monstres, Samson fixe des règles très précises à Dalila. Si elle ne les respecte pas, elle perdra à jamais son grand amour. Un, porter son cartable dans le bus ; deux, lui filer les exos de maths entièrement faits le matin, avant le début des cours ; trois, faire la queue pour les pains au chocolat à la récré ; quatre, l'emmener au ciné, une fois par semaine ; cinq, lui graver tous les CD qu'elle veut, mais surtout…

– Mais surtout ?

Fanny a attendu un long moment.

– Mais surtout, jurer de ne plus jamais la trahir.

– Je le jure.

– Pas si vite. Dis : je jure de ne plus jamais trahir Fanny.

– Je jure de ne plus jamais trahir Fanny. Pour les CD, les pains au choc et les exos de maths, je ne jure pas.

Fanny a froncé les sourcils.

– Tom…

– OK, c'est bon, je jure aussi pour les CD et tout le reste…

Fanny s'est approchée et elle a posé sur mes lèvres un tout petit baiser, qui a volé comme un papillon, puis elle a disparu.

J'ai couru jusqu'à la cabine téléphonique de l'école et j'ai appelé papa au boulot pour lui raconter. On m'a dit qu'il était absent. J'ai appelé sur son portable, il était à une terrasse de café, en amoureux, avec maman. J'ai téléphoné à Sam, elle m'a hurlé dans l'oreille :

– Je lui ai dit à ce crétin de Laurent que je l'aimais et que oui, j'étais d'accord pour me marier avec lui. Tu parles d'une galère, il faut que je me trouve une robe de mariée maintenant.

Tu vois le genre : dentelle chantilly, je vais avoir l'air d'une tarte. Rigole pas, toi, en garçon d'honneur t'auras l'air d'un pingouin.

– Sam…

– Oui, l'asticot ?

– Arrête de parler comme ça, c'est nul. Tu vas être une très jolie mariée et moi, je serai fier d'être derrière toi. Avec un peu de chance, Fanny voudra bien venir et ça sera cool.

– Tu crois que d'ici là, tu seras encore amoureux d'elle, t'auras pas changé pour une blondinette aux cheveux longs ?

– Sam…

– C'est bon papi, je sais, vous allez fêter vos noces de diamant…

J'ai levé les yeux vers le ciel, il était bleu, grand, léger comme l'amour. J'étais super content d'avoir douze ans.

L'AUTEUR

Sylvaine Jaoui est née en 1962. Petite-fille d'imprimeur, fille de libraire, elle est professeur de lettres dans un lycée parisien.
Elle est l'auteur de documentaires (La Martinière), de nombreux romans (Rageot et Casterman) et de pièces de théâtre.
Sylvaine Jaoui connaît très bien le monde de la télévision car elle collabore à l'écriture de séries et de jeux.
Elle est la mère de deux adolescentes avec lesquelles elle partage fous rires, lectures et confidences.

L'ILLUSTRATEUR

Né en 1966 à l'ombre de la forêt des Carnutes, **Jean-Philippe Chabot** devient vite le principal actionnaire de plusieurs fabricants de crayons feutres et d'aquarelle.
Il n'aime pas les maths, la voiture, les artichauts, les blancs dans la conversation, Noël, les gâteaux à la crème.
Mais heureusement, il lui reste les peintres flamands, le rock psychédélique, les penne rigate, les plantes vertes et ses pinceaux qui ne portent pas encore tous un nom !

DANS LA MÊME COLLECTION

à partir de onze ans

L'agenda, H. Montardre.
Amies sans frontières, H. Montardre.
L'amour fait maison, F. Kessler.
Bagnard à seize ans, Y.-M. Clément.
Le ballon d'or, Y. Pinguilly.
Un chien contre les loups, H. Montardre.
C'est pas compliqué l'amour !, S. Jaoui.
La cour aux étoiles, É. Brisou-Pellen.
La demoiselle et le troubadour, R. Bertin.
Dix, V. Petit.
Le duel des sorciers, J. Molla.
L'enfant interdit, M. Peterson Haddix.
La fiancée à la robe verte, A. Flegg.
Les gardiens du secret : Au cœur du complot, C. Missonnier.
Les gardiens du secret : Étranges connexions, C. Missonnier.
Les gardiens du secret : La vérité en face, C. Missonnier.

Le jardin des sortilèges, J. Molla.
Le jeu : Game over, J.-L. Luciani.
Le jeu : la Traque, J.-L. Luciani.
Kmille fait son blog, Cécile Le Floch.
Le parfum d'Isis, S. Geason.
Pirate rouge, A.-M. Desplat-Duc.
Le prince d'ébène, M. Honaker.
Le prince esclave, O. Equiano.
Rendez-vous à Paris, O. Prud'homme-Farges.
Rendez-vous à Venise,
O. Prud'homme-Farges, E. Prud'homme.
Rendez-vous sur le Nil, F. Chaput, E. Prud'homme.
La rose noire, 5 récits du Moyen Âge, collectif.
Le serment d'amour, 5 récits du Moyen Âge, collectif.
Sorcière blanche, A.-M. Desplat-Duc.
Sur les ailes du ryu, C. Lambert.
Talents cachés, D. Lubar.
Transgenic world, M. Honaker.
Le voleur de pandas, A. Surget.

Retrouvez la collection
Rageot Romans
sur le site www.rageot.fr

Achevé d'imprimer en avril 2009
par Maury-Imprimeur en France
Dépôt légal : juin 2009
N° d'édition : 4949 - 01
N° d'impression : 146315